PASCAL GARNIER

A rebrousse temps

LIRE C'EST PARTIR

Illustrations
Lisa Mandel

Pascal Garnier est né en 1949 à Paris. Il écrit autant pour les adultes que pour les enfants.

ISBN 2 914471 14 9

A rebrousse temps

Sommaire

Une gaufrette et tout s'arrête

Mathilde aime bien Mme Pinchon, même si elle sent le vieux poivre, même si elle pique un peu. C'est une très vieille dame qui habite une chambre tout en haut de l'immeuble. Elle a toujours été là, comme le soleil ou la lune. Tout le monde la connaît dans la maison, mais elle est si discrète, si effacée, que parfois on l'oublie. Toute menue, gris souris, elle se déplace sans faire plus de bruit qu'un flocon de poussière.

A part « bonjour-bonsoir » en la croisant dans l'escalier, on n'entend jamais le son de sa voix. C'est justement ce qui plaît à Mathilde, pas besoin de parler avec elle, ni d'écouter, on est libre dans sa tête, un clin d'œil, un sourire leur suffit pour se comprendre.

Chaque soir après l'école, Mathilde lui fait une petite visite. Ça se passe toujours de la même façon : tandis que Mme Pinchon tricote du bout des doigts d'interminables écharpes, Mathilde s'amuse avec des boîtes remplies de boutons multicolores. Elle adore remuer les doigts dedans, les classer par famille, famille nacre, famille bois,

on vous aime
Joie
MIAM
attention
!!!

famille plastique, etc. Elle y passerait des heures.

C'est si calme, si chaud chez Mme Pinchon, comme dans un nid. On se croirait hors du temps, loin des tables de multiplication et des règles de grammaire tarabiscotées.

Mais ce soir, en frappant à la porte de sa voisine, Mathilde n'obtient pas de réponse. Elle a beau insister, rien. C'est très curieux, la vieille dame ne sort pratiquement jamais. Déçue, Mathilde va faire demi-tour quand elle s'aperçoit que la porte n'est pas fermée. Timidement, elle la pousse.

— Mme Pinchon?... Mme Pinchon ?...

Pas de réponse. Mathilde s'avance dans la petite entrée qui sent la lavande et le biscuit sec. Dans la chambre, qui sert aussi de cuisine et de salle de bains, à part l'absence de la vieille dame, tout est parfaitement normal. Le feu ronronne dans le petit poêle de fonte, une mouche virevolte devant la fenêtre, les aiguilles et la laine sont bien à leur place sur le guéridon, les boîtes à boutons posées en évidence à côté de la chaise où s'assoit Mathilde. Il y a même dans une assiette les traditionnelles gaufrettes que Mathilde a l'habitude de grignoter en jouant.

Visiblement, Mme Pinchon l'attendait. Elle a dû s'absenter précipitamment, elle va revenir dans un instant.

Rassurée, Mathilde s'installe, plonge une main dans les boutons et de l'autre pioche une gaufrette. Elle aime bien ces petits gâteaux parce que toujours quelque chose est écrit dessus : *Une bonne nouvelle !... Soyez aimable... On vous aime...* Sur celui que Mathilde porte à sa bouche il y a marqué : *Attention !*. C'est la première fois qu'elle en trouve un comme ça. Mais bon, croc ! croc ! pas de quoi s'inquiéter et même, prenons-en un autre. Sur le second est inscrit :

Mathilde, 6 heures !

Là, c'est beaucoup plus étonnant. Jamais une gaufrette ne s'est adressée directement à elle. Mathilde tourne et retourne la gaufrette entre ses doigts sans oser la croquer. La pendule indique six heures moins deux. Sans doute un hasard, mais quand même, c'est bizarre… Il reste une gaufrette dans l'assiette. Mathilde la saisit prudemment entre deux doigts :

Tout s'arrête !

A l'instant où Mathilde vient de lire ces mots, la pendule cesse son tic-tac, les deux aiguilles bloquées sur six heures pile. Un silence impressionnant prend possession des lieux. Habituellement, même au plus profond de la nuit, on entend toujours des petits bruits dans l'immeuble, un parquet qui grince, un robinet qui fuit, un volet qui bat, mais là, rien ! pas le moindre trottinement de souris.

Mathilde en a presque mal aux oreilles… Le feu… il ne ronronne plus ! Il y a bien des flammes, mais elles ne dansent plus, elles sont gelées, comme sur une photo !…

Et devant la fenêtre, la mouche ne remue pas d'une aile... immobile, suspendue par un fil invisible...

Mathilde se frotte les yeux. Elle a l'habitude des films fantastiques, des histoires de fantômes, mais là, pour de vrai, c'est autre chose. Un grand frisson la parcourt de la pointe des pieds à la racine des cheveux. Elle voudrait crier mais, comme dans les mauvais rêves, aucun son ne sort de sa bouche. Elle n'a plus qu'une idée en tête : rentrer chez elle tout de suite.

Le robinet du temps

A peine s'est-elle redressée que, devant ses yeux écarquillés, le papier peint du mur se gonfle comme une bulle de chewing-gum et éclate avec le même bruit mou. Mme Pinchon apparaît, toute essoufflée, des toiles d'araignée plein les cheveux. Mathilde retombe sur sa chaise les bras ballants.

— N'aie pas peur Mathilde, c'est moi, Mme Pinchon !

— Que… qu'est-ce qui se passe ?

— Excuse-moi de me présenter dans cet état, mais les caves sont si sales !

Mme Pinchon brosse ses cheveux et époussette le devant de sa robe.

— Regarde-moi cette poussière !... Il y a une fuite dans le temps, j'ai été obligée de descendre le couper.

Mathilde la regarde les yeux ronds, bouche bée.

— Une quoi ???...

— Une fuite dans le temps. Le robinet est à la cave, il faut bien le fermer, le temps de trouver la fuite et de la réparer. J'ai eu un mal fou, il est tellement rouillé. La dernière fois que c'est arrivé, c'était en… 1812 !… mars 1812…, à ce qu'on m'a dit.

— Mme Pinchon, qu'est-ce que vous me racontez là ? Je deviens folle ou c'est vous qui…

— Calme-toi, je vais t'expliquer. Je suis… disons… la gardienne de cet immeuble, une gardienne un peu spéciale. Tous les immeubles anciens ont une gardienne pour surveiller le robinet du temps. A présent ça ne se fait plus, on n'a plus le temps de s'occuper du temps. Il y a rarement d'accident mais ça peut arriver, la preuve ! Je m'en suis rendue compte

il y a un quart d'heure en tricotant. Mon écharpe avançait plus vite qu'à l'ordinaire, la pendule s'énervait, le bois baissait trop rapidement dans le poêle. Pour la plupart des gens, c'est imperceptible, mais moi j'ai l'œil ! Forcément, après tant d'années de service ! Bon, il va falloir s'y mettre, on ne peut pas retenir la pression très longtemps, les tuyaux risquent d'éclater, ce serait une catastrophe.

Mathilde a les oreilles qui bourdonnent. Tout cela est impossible, elle rêve… mais Mme Pinchon a l'air si sûre d'elle, si résolue…

— Mais moi, pourquoi je ne suis pas… arrêtée ?

— Les gaufrettes, ma petite Mathilde, les gaufrettes ! Elles ont le pouvoir de te mettre hors du temps. Tu sais, je ne suis plus toute jeune, je me suis dit que je pourrais avoir besoin de toi.

— Et… et la bulle dans le mur ?

— C'est plus commode pour se déplacer, pas besoin d'ouvrir et de refermer les portes. Mais uniquement en cas d'urgence bien entendu, lors des coupures de temps par exemple. Tu vas voir, c'est très facile, tu n'as qu'à tenir ma main. Tu es prête ?

Trop éberluée pour résister,

Mathilde se laisse entraîner comme une poupée de chiffon.

Une main devant elle et l'autre tenant celle de Mathilde, Mme Pinchon s'avance vers le mur sans hésitation. Mathilde ferme les yeux, s'attendant à un choc. Mais pas du tout, le mur est élastique, aussi souple que le caoutchouc d'un ballon de plage. Un petit blop ! et on est de l'autre côté.

A la recherche du temps perdu

— Où est-ce qu'on est, Mme Pinchon ?

— Chez les Duclou. J'ai pensé qu'on pourrait peut-être commencer par là. M. Duclou est aussi bricoleur que maladroit. Il serait bien capable d'avoir détraqué quelque chose.

Dans sa cuisine, Mme Duclou, raide comme une statue, tient un moulin à poivre au-dessus d'une casserole de soupe.

A côté d'elle, à genoux sous l'évier, M. Duclou, aussi immobile que sa femme, lève un marteau au-dessus de sa tête.

Mme Pinchon tourne autour d'eux, le nez plissé.

A part la soupe, je ne sens pas grand chose… Surtout, Mathilde, ne touche à rien !

Changer la moindre chose dans le présent peut créer bien des remous dans l'avenir.

Trop tard ! Mathilde, en reculant d'un pas, a bousculé le bras de M. Duclou qui tient le marteau. Sans rien dire, elle le replace à peu près dans la position où il était et rejoint Mme Pinchon dans l'entrée.

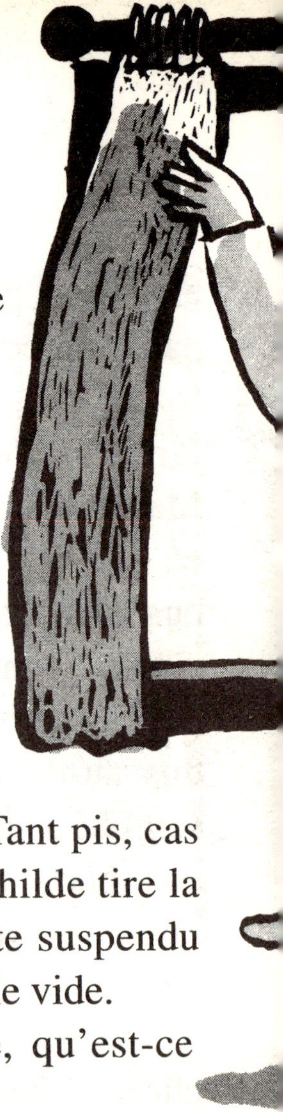

— Une sorte de tache, Mme Pinchon presque rien…

— Monte sur quelque chose, regarde de plus près, vite !

La seule chose sur laquelle on puisse monter ici sans se casser la figure, c'est la chaise de M. Bracus. Tant pis, cas de force majeure. Mathilde tire la chaise, M. Bracus reste suspendu en l'air, les pieds dans le vide.

— Alors Mathilde, qu'est-ce que tu vois ?

— Ça fait comme de l'encre sur un buvard, ça s'étale !…

— J'y suis ! Ça vient de chez Mme Rosa, la voyante, ce doit être une fuite d'avenir. Regarde comme tout commence à pâlir autour de nous, c'est le futur qui mange le présent. Dépêchons-nous !

La voyante perd la boule

Chez la voyante, une sorte de brouillard montant du tapis envahit lentement la pièce. C'est à peine si on distingue Mme Rosa debout, la bouche ouverte, les mains écartées, comme si elle venait de lâcher quelque chose. Mme Pinchon se précipite.

— Mon Dieu ! c'est bien ce que je pensais, elle a fait tomber sa boule de cristal, l'avenir est en train de s'en échapper.

— Qu'est-ce qu'on peut faire, Mme Pinchon ?... On ne voit presque plus les murs, ça devient tout bizarre ici, il y a des ombres qui bougent...

— C'est l'avenir, les autres gens, les autres objets qui occuperont l'endroit dans vingt ans, cinquante ans, cent ans... Il faut arrêter ça ! Il y a trois positions au robinet du temps, passé, présent, avenir. Je vais régler sur passé, peut-être que ça épongera le futur... Mathilde, tu vas rester ici et tu me tiendras au courant au fur et à mesure.

Mme Pinchon enlève une de ses boucles d'oreille et la tend à Mathilde.

— Tiens, accroche-la à ton oreille, avec ça tu pourras m'entendre. Ne t'approche pas trop près de la boule, je vais tâcher de faire le plus vite possible.

Blop ! Mme Pinchon disparaît dans le mur. Mathilde se retrouve seule au milieu du brouillard qui s'épaissit de plus en plus. L'appartement de Mme Rosa n'est bientôt plus qu'un lointain souvenir.

Peu à peu, les ombres mouvantes se stabilisent, les contours se précisent et, devant Mathilde ébahie, s'installe un décor de science-fiction.

L'endroit ressemble à une sorte de laboratoire encombré de machi-

nes clignotantes, de lumières bleues, jaunes, et rouges, entre lesquelles circulent d'inquiétants robots. Plus une trace de vie humaine, rien que de l'acier, du plastique. Il fait froid, un froid qui vous transperce jusque dans les os. Mathilde se recroqueville.

— Mme Pinchon ! Dépêchez-vous !... Je n'aime pas cet endroit...

De la boucle d'oreille, lui parvient la voix de la vieille dame.

— Voilà ! voilà !... N'aie pas peur Mathilde, je vais envoyer le passé... si j'arrive à tourner ce sacré robinet !

Un des robots semble avoir aperçu Mathilde. Il se dirige droit sur elle, deux redoutables pinces tendues devant lui. Une voix métallique sort de la grille qui lui sert de bouche.

— Alerte à la sécurité, humanoïde non identifié détecté dans le secteur X 23 ! Alerte à la sécurité…

— Mme Pinchon !!!…

— Je fais ce que je peux !…

Les deux pinces du robot soulèvent Mathilde par les épaules.

— Déchet du passé… Erreur temporelle… A détruire ou à exposer au musée…

Mathilde se débat.

— Déchet toi-même !... Mme Pinchon, je vous en supplie !!!

— Ça y est Mathilde !... Pas de panique !...

C'est comme si on avait branché un monstrueux aspirateur à l'autre bout de la pièce. Machines et robots disparaissent en tourbillonnant alors qu'un par un, les meubles de Mme Rosa reprennent sagement leur place.

— Ça y est Mme Pinchon, ça marche ! Je revois Mme Rosa, les mains écartées... ça redevient comme avant, comme maintenant, je ne sais plus !... mais... mais...

la boule de cristal !... elle lui saute dans les mains !... Ça va dans l'autre sens !

— Mathilde ! Le robinet est coincé sur le passé, je n'arrive plus à revenir au présent !

—Faites quelque chose, Mme Pinchon, ça tourne, j'ai mal au cœur...

Le temps retrouvé

Mathilde a l'impression de chevaucher une toupie. C'est un cauchemar, un affreux cauchemar dans lequel elle tient le rôle d'une fourmi aspirée par le siphon d'un lavabo. Rien pour se raccrocher, du blanc lisse, et tout au fond un grand trou noir. Des images, toutes plus insolites les unes que les autres, se succèdent à une vitesse folle. Ça ressemble aux films de vacances de l'oncle Henri, ça saute, ça casse, en avant, en arrière, sans queue ni tête.

Des personnages apparaissent et disparaissent,

vêtus de costumes d'époques différentes, des marquises en robes à panier, perruques poudrées, des chevaliers en armures, des Gaulois moustachus, et même un homme des cavernes dégustant un gigot de dinosaure. C'est sur cette image que prend fin cette invraisemblable dégringolade à rebrousse-temps.

— Tout va bien, Mathilde ! Tout va bien !... Tu m'entends ?...

Mathilde ne trouve pas que ça aille si bien que ça. A quelques mètres d'elle, l'homme des cavernes la regarde fixement en se curant les dents.

— Mathilde, tu dors ou quoi ?... Ça va bien ?... Réponds-

moi, où en est-on dans le temps ?

— A l'heure du déjeuner je crois, et le déjeuner… c'est moi !

L'homme des cavernes, les yeux brillants de gourmandise, la bouche pleine de dents, saute du rocher sur lequel il était assis et s'approche de Mathilde en se frottant le ventre.

— En arrière, Mme Pinchon !… En arrière, vite !!!

— En avant… En arrière, c'est vite dit !…

Au moment où l'énorme massue de M. Cromagnon va s'abattre

sur le crâne de Mathilde, Mme Pinchon tourne le robinet vers le futur. L'homme des cavernes regagne son rocher à reculons et le film de tout à l'heure se déroule à nouveau mais en sens inverse.

— Mme Pinchon, je veux descendre de là !!!

— Reste calme, ma petite Mathilde, nous allons revenir juste au moment où Mme Rosa fait tomber sa boule de cristal. Tu me diras stop et tu rattraperas la boule avant qu'elle ne se casse. Ensuite, tu la poseras délicatement par terre et tu n'auras plus qu'à m'attendre. D'accord ?

— Tout ce que vous voulez, Mme Pinchon, mais qu'on en finisse !…

Après deux ou trois tentatives infructueuses, Mme Pinchon arrive à caler Mathilde dans le temps. Celle-ci récupère la boule, la dépose intacte aux pieds de Mme Rosa et, à bout de forces, se laisse

tomber par terre. Mme Pinchon réapparaît.

— Mathilde ! ce n'est pas le moment de dormir, tout va rentrer dans l'ordre d'un instant à l'autre, il ne faut pas qu'on nous trouve ici !

A demi consciente, Mathilde se laisse entraîner. Un quart de seconde plus tard, elle se retrouve devant ses boîtes de boutons, une gaufrette dans la main. A ses côtés, Mme Pinchon tricote tranquillement, la mouche zigzague entre les rideaux et dans le poêle les flammes frétillent gaiement. La pendule égrène six coups.

A cet instant précis, on entend Mme Rosa pousser un grand cri ;

M. Bracus se retrouve les quatre fers en l'air à deux mètres de sa chaise ;

M. Duclou rate son coup de marteau et se tape sur le pouce ; en sursautant, son épouse renverse le contenu de la poivrière dans sa soupe…

Mais à part ça, c'est comme s'il ne s'était rien passé.

Mme Pinchon pose son tricot sur ses genoux :

— Ça aurait pu être pire, non ?

Imprimé en France sur Presse Offset par

BRODARD & TAUPIN

GROUPE CPI

La Flèche (Sarthe), le 31-08-2006
36709 - Dépôt légal : novembre 2000